疫情下的圖像記憶

尋常小日子

林豐蓉／著

美的事物即永恆的歡愉

（1）

她叫林豐蓉。當年的台大外文系全班有一百二十多人，男生女生數目不成比例：四十多個青澀的男生，面對著七、八十位相對成熟的青春玉女。而如林的美女群裡，有位才華豐瞻、面如芙蓉的少女，她令一位高大英俊的同班男生於畢業後在高雄服預官役期間心中仍然念念不忘，每星期日跟我在旗津碼頭度假時，還往往以她為主題而口中念念有辭。他特別難忘有一個下午，在文學院一樓，系圖書館門外，他和她打了個照面，相互微笑，走了兩步回頭，看見她也正回頭！

畢業五十年後，我們全班湊了二、三十人在台東及花蓮重聚。那日，在懸崖峭壁邊，流水潺潺聲中，見到林豐蓉正低頭踽踽獨行，我湊上前跟她聊天，這才有機會向她透露這段往事。她一直低著頭傾聽，聽完仍然低頭，若有所思，然後緩緩抬頭，帶著笑意責備

我：「都已經當奶奶了，現在才告訴我?!」我愧咎回答：「唉，一切都成了過眼雲煙，包括那個人，都已經在美國病故多年了啦！」也就是在這次旅途中，豐蓉告訴我，她多年來生活的點點滴滴已經成為她繪畫及攝影作品的主題。

兩星期前，豐蓉再度隻身回台，料理完她母親的後事，我們五位同班同學在濟南路台大校友會舘蘇杭餐廳跟她一敍。她送了我一本她的繪畫攝影集《疫情下的影像記憶》。我一頁一頁的翻閱，心中油然升起英國浪漫主義詩人濟慈 (John Keats) 的名句：「美的事物即是永恆的歡愉……」（A thing of beauty is a joy forever ...）。同時也憶起華滋華斯在《永恆頌》（"Ode: Intimations of Immortality"）中的句子：「對我而言，最卑微的一朵花也能賦予我淚水都無法企及的思緒」（To me the meanest flower that blows can give Thoughts that do often lie too deep for tears.）

（2）

才女也會老嗎？那日從濟南路台大校友會館出來，臨別時，站在路口叫計程車，只見她拄著拐杖，說自己近來頭一直暈眩，類似「腦霧」徵狀，而且也有些耳背。目送她上了車，從車內跟我們微笑揮手道別，我心想，如今在台灣的大事已了，今後還會回來嗎？我們還會再見嗎？啊，至少我還擁有許多美好的、超過半世紀的回憶，以及這本書精美典雅的繪畫攝影集，她的《疫情下的影像記憶》。

2022.7.28

（前）台大外文系教授兼系主任
（現）中華民國筆會會長

自序

這本書中所選圖畫都是自己平日習作，繪畫創作於我是自我表達的一種管道，未敢以畫家自居。一直以來未曾正式拜師學畫，僅藉著書籍畫冊神遊，或追隨大師，或走進畫廊取經，在學而時習過程中找出一種表現方式。由心導眼到手及，這過程和做體操類似，繪畫對我來說更像是放鬆肢體，解放心障的一種晨操。

從孩提時代就和繪畫結了不解之緣，許多小孩先會拿筆塗鴉，然後才學說話。個性內向小時不愛說話，不懂與人溝通，最直接的表達方式即為繪畫。因畫而培養出對細節的專注及審美直覺。由於內向，想的比說的多。這些習性及思維轉化積累，成為日後往文學和藝術方面發展的動力。

從小到大一直做著種種不同的夢想，有些不切實際，有些並不難做到，有些就如同「天方夜譚」般遙不可及。不管當時的情況和外在現實如何，至少都嘗試過，也企圖做好每一件事。這當中有沒有一項成功我不知道，但追尋過程中，確實是我度過最快樂也令人懷念的時光。

畫圖伴我成長，是大半輩子最好的朋友。開心時拿筆畫下讓你驚喜的景致事物，傷悲之刻用畫筆在紙上宣洩胸中塊壘，是自我療癒最好的方法。多少哭鬧的幼童給他彩筆情緒就開始安靜下來？

自小就愛看書，更愛讀閒書，讀初中時週末常踏著自行車造訪公立圖書館，首度接觸到許多世界經典名著。大學選擇唸外文，來美後讀圖書館資訊，繪畫的興趣就給丟在一旁。

千禧年退休以來開始持續筆耕，耕耘的是自己的心境，灑下希望的種子，看著紙面線條爬上爬下，畫面漸漸顯露出自己想望的形象，

是發洩情緒的管道，也有撫慰心靈的作用。當時住香港，先生在中國上班一週返家一趟，消磨獨處時光就開始拾起畫筆。因經常來回兩岸三地及大洋對岸的美國加州，旅途作畫不易多半只畫素描。

素描是較易為之的一種畫法，但有一紙一筆就能搞定。二十年前手機還不流行也無相機功能，我用的是單眼 Nikon SL 相機，當時用膠卷拍成底片再拿出去沖洗，曠日費時不適合我這急性子的人。旅遊途中看到有趣的景象，抽出袋中一管原子筆，找到一張小紙片就能立時速寫，回家後找張像樣的紙張重新繪上，繪畫從此重返身旁，成為日常的一部份。

在港居留的六七年期間最受益及值得回憶的是，重新做學生。在城市大學中國文化中心，陸陸續續旁聽了三年多不同科目的講座。其中葉嘉瑩教授兩個月的八堂課，我上了六堂課。這是開給本科生的文化課程，有學分拿因此學生很多。我們社會人士，只能等學生坐定了有多餘的座位才能坐下來聽課，其中兩回只能坐室外看閉路電視，直到下課才離去。

那是 2004 年，詩詞大家葉嘉瑩老師八十歲，爲什麼記這麼清楚，因她和家母同庚。那時我母親已銀髮滿頭，葉老師依然短髮黑亮，衣著齊整。一堂課兩小時站在台後講課，腰桿挺得筆直，偶爾喝兩口水之外沒休息過。記得每到下課鈴聲響起，學生們紛紛往後門竄，我們這些超齡學生是極少數不肯離開的人。葉老師不會走的，她肯定要講到整段章節結束才肯走，學生往外跑她倒不在意。

與此同時，拜外文系同學，當年香港城市大學中國文化中心的負責人鄭培凱教授之賜，有幸親臨兩位諾貝爾文學獎得主的演講會，親見高行健（2000年）和土耳其的 Orhan Pamuk （2006年）兩位諾貝爾文學獎得主的身姿風範。

我們讀書會倒是讀了Pamuk的小說《雪》"Snow"，Orhan Pamuk 本人在領諾貝爾獎前半年，被邀至香港城市大學演講時我正好在場。其人風度翩翩，英文相當好，能說善道又有文采，當時就介紹了這本小說給讀書會友人，甚獲好評。好奇之下又買了本 "My Name is Red"《我的名字叫做紅》來讀，或許因心境不對，當時翻幾頁就擱下，一直到2019 年因爲讀書會選書，終於讀完這本小說。

尋常小日子
疫情下的圖像記憶

我參加的讀書會在舊金山南灣也略有名聲，成員不多歷史卻已跨越四分之一個世紀。學員中已有數位作古，包括當初建立此社之創辦人。創社耆老中僅存我和另一位同學，二十六年來孜孜不懈每季十本書勉力勤讀，腹中墨水積存不可小看。

居港的若干年間往來兩岸三地，接觸到華語影片的機會大增。況且隨著年齡遞增，尋根及回歸本土的慾望愈發強烈。喜歡看電影的我，很自然地開始搜求優良國片，包括中國大陸、香港及台灣三地出產的影片，閒來無事時也嘗試寫些不成熟的影評。我並無專業訓練，完全憑觀影時的即興印象，拉雜寫來實非嚴格的影評，充其量只能稱為感言、觀後感等。

待夫婿退出職場，從香港返美回到北加的南灣地區，這一帶華人聚居，中國人的大小社交圈子頗多。漸入常規的日子，在家不能無所事事，繼續下一段人生的規劃。當時就起意經營一個實體電影社 movie club，這也是起源自香港居的一段因緣。做了十年後收手，然後開始較認真地作畫，卻是由成人填色畫起步，一年之間塗滿十數本填色畫本 coloring books，漸漸覺得為什麼不能自己作畫？

任職公立圖書館多年，有一天到社區圖書館借書，偶然發現走廊上有一道畫廊，正展出社區中心的師生水彩畫。這才正式進入水彩畫的課堂，上的是初級水彩畫。

教畫的老師很敬業，但教法較老派不是自己想追求的畫風。同時之間每年返台探母兩次，缺席不少課程，不到一年就被迫中止，但仍持續作畫，任由心意去畫，慢慢地也走出一條帶著自己風格的路。雖還不算離經叛道，畫的肯定不是正統的水彩畫。

近五六年來已結束的電影社轉型為雲端聊天室，從談論電影出發，逐漸結合其他藝文資訊之分享。開始寫部落格，談影讀書或藝文方面的活動分享，這是我圖與文創作的起點。

十數年來電腦中已積累不少畫作，就用這些圖片結合自己身邊家常絮語，周遭環境值得關注的話題，寫下自己的看法和思考，成為一種異類社交平台，成員侷限於不算寬廣的友人圈子。

疫情暴發迄今近三年，幾乎一兩日就寫一條短文，多半是以圖為主的短文。千禧年時攜著相機遊走歐亞，拜訪過不少著名景點，我的興趣不在景點或名勝，反倒對旅途偶遇尋常百姓，無名無姓的貓狗，或是其他不同生態物種，為他們攝像或速寫於紙本。返美之後回復到平靜無波的家居生活，目遊鄰里街道偶拾松子樹果，也能帶回家寫生。步道上見到一只背負著精緻外殼的蝸牛，即刻轉化成一張素描畫作，為微渺短暫的生命，藉畫紙而得永生。

寫生寫的是眾生的生命，微小如蟻在地球上也有自己的定位。人類就更不用說，生命的價值不能用世俗名利的眼光來評斷，我期許自己在大自然的懷抱中，汲取天然的養分，回饋其他生命得以長存的一紙立像。

在疫情下我過的是尋常日子，年歲已達「隨心所欲不逾矩」的階段，一切都像剛剛才開始。對將來沒有過多期許，只盼在有限的生命時光中持續發光發熱。卽便只是燭火螢光，知道自己盡了力，也享有在不同階段過程中得到的樂趣，友人讀者中的幾聲迴響，就是我得到最好的報酬。

林豐蓉

尋常小日子
疫情下的圖像記憶

目次（Table of Content）

Chapter 1

尋常家居生活

臥室窗口正對著一棵柿樹，深秋時節滿樹橘紅色柿果招引許多鳥兒來訪。清早第一件事：捲起窗紙讓逐步明亮的陽光拋灑入屋，端坐窗前書桌聆聽小鳥們的晨報。柿樹旁一叢天堂鳥花是蜂鳥的最愛，天剛亮就見牠們上下翻飛穿入穿出花叢間，拿出iPhone想拍幾張照，總也來不及捕獲那纖巧迅急的身影。

宅家時間過長若無固定作息，日久不免產生負面情緒。退休多年來積極培養出不同興趣以遣家居休閒的空檔。疫情初興局勢嚴峻許多人居家避疫，居家上班又有家小的人肯定有段艱辛適應期。閒散家中不能出門上街或找朋友，又無固定家居活動如我，自也不免度日如年。

春天到來，前院淺紫色鳶尾花陸續綻放，後園野花雜草也努力添增亮麗的景致。清晨空氣中帶著些微露水的濕潤，用完早點到後院走走，摘剪些花草擺瓶中，將春日氣息帶入堂室，給家居生活添幾筆熱鬧色彩。

疫情進入第三年 居家半隔離漸成常態，家是躲避風暴和災難，撫慰心靈免於恐懼的所在。如何在這有限的空間維持日常的步調及心境的安寧？

平日在家經常一書在手，一邊飲茶一邊看書，寫寫點評或心得。近年來眼力急速退化，書看久了眼睛發澀又傷視力，幸好從小就喜歡塗塗抹抹，作畫只爲自娛，想畫什麼就畫。大自然的美景或生活中新奇事物，只要有作畫工具或閒情立時就畫，放任自己恣意遊筆揮灑。

結廬在人間，偶聞叩門聲；
鳶尾映藍山，青鳥來探看。

春天前院淺紫色鳶尾花陸續綻放。

尋常小日子
疫情下的圖像記憶

Grace F. Lin
11/12/2017

花草散置不同瓶中供養，
搜集形狀大小、高低不等玻璃器皿回收品來插花，
看起來熱鬧！

我的閱讀小天地：
坐客廳一角沙發上，一杯茶或咖啡在手，
一邊看書一邊記下妙句或書寫心得，
浮生之樂莫過於此！

尋常小日子 疫情下的圖像記憶

My Reading Corner

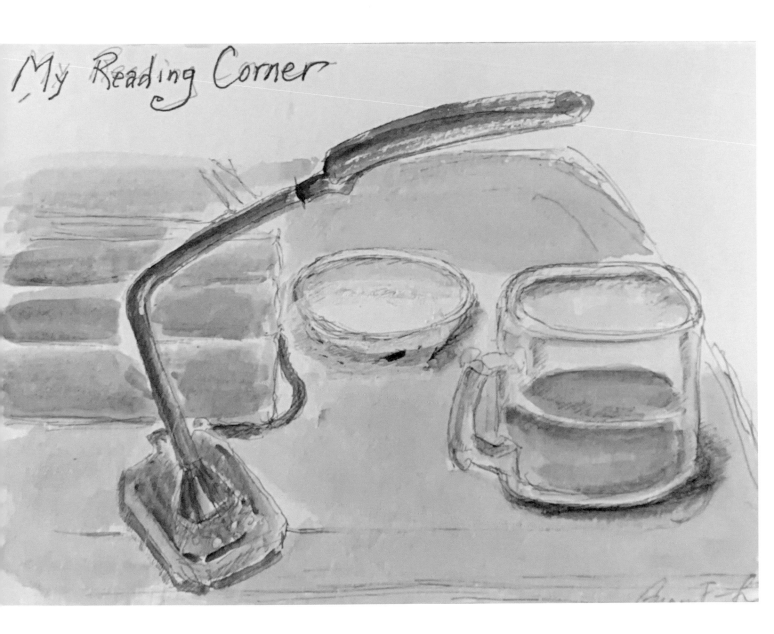

這畫是居家台北時去過的一家有個小庭院和式食堂。
素描加淡彩

尋常小日子 疫情下的圖像記憶

「無題」 "Untitled"
曲線相遇碰撞出的一副畫，
偶而也試試以新法作畫，
畫紙由上而下佈滿弧狀曲線，看會產生什麼效果。

「帶口罩的女郎」 "The Masked Lady"
弧線相交後的塊區，塗上不同顏彩，
是不是看到了一個帶口罩的女郎？

Chapter 2
口罩貓

在人一生當中總難免有些事物讓人難以忘懷：一個人、一條狗、一隻貓、小兔或鳥兒，在生命旅程中的一段路上伴你同行，帶給你溫馨中夾雜些許哀傷的回憶。

小時候家中養過一隻大白貓名爲「貓三」，在牠之前也有過不少家貓，就按長幼排行。初中時貓三來到家中，覺得風水好就住了下來，直到上大學時還在身旁，溫馴可人一直受家人鍾愛。不知怎地有一天牠不見了。之前也有過一回失蹤紀錄，隔了數日卻又自己回家。但這回卻是永遠消失了。家中還有副姊姊畫的油畫肖像，証明牠曾經存在過，直到今天都還記得牠的模樣。因此我不僅畫狗，也愛畫貓。這群卡通貓咪在疫情瀰漫人人閉門不出，百無聊賴之際橫空出世，姑稱之爲「口罩貓」吧！

這是隻口罩蒙面的貓咪，毛線纏繞全身玩得不亦樂乎。
這張畫的靈感來自家中客廳的一只插枝花瓶，瓶中插著七折八彎彌
猴桃乾燥後的籐條。

這又是隻口罩貓。
前陣子畫了一張瘦身後的日本花貓，
戴著主人特地為牠量身打造的口罩，繼續努力加餐飯！

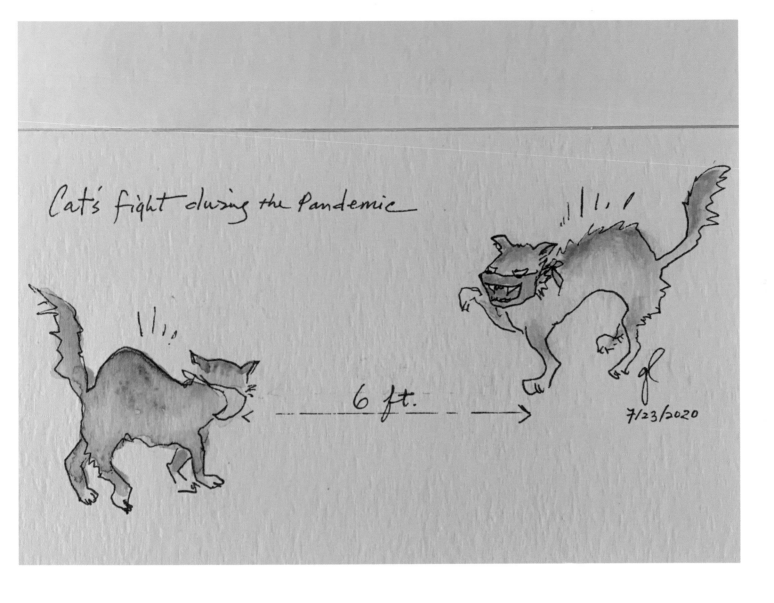

Cat's fight during the Pandemic

6 ft.

7/23/2020

兩隻貓咪打架，聳毛弓身、張牙舞爪、虛張聲勢，
終究沒越過規定的六英尺距離。

Chapter 3
進入疫情第一年

現在是全球一村的時代，各處疫情瀰漫，可以說「蝴蝶效應」正在地球上發酵。小民們能做的事，第一要務是保護好自己身心健康，才好照顧家人，從事其他事務。非常感激世上有許多人：醫療體系內所有職員包括醫生、護士；防疫工作人員包括政府官員、民間專業人士及軍警等，犧牲小我維護大眾的安全。這些幕後英雄數不勝數，給老百姓們一個小小空間，可以做自己能做想做的事。

除了做好衛生及安全管理，還要有適當管道紓發困窘心境。看電視滑手機固然是首選，泛濫的資訊過猶不及。走出戶外，海闊天空，看到草木茁壯持續生長，野生動物一如既往過著自己的生活，世界依舊美好，日子仍舊得照常！

尋常小日子 疫情下的圖像記憶

2020年筆記：身處雲端世代好比乘坐雲霄飛車，大幅度的擺盪常叫人不知所措。就如電腦，新出的機不到數月就能取代舊機，今天的職場和在校的師生，都得借助電腦及線上幾乎無所不及的能力。然而年齡老大如我輩，怎麼追也趕不上它的變化，也難適應它對平常生活的影響。年初疫情初起定期活動如讀書會和茶會月聚已無從舉辦，上網聚首是權宜作法。新的生活方式，業已涵蓋了我們每日作息各個層面。諸如：遠距社交、雲端講座、線上教學、隔空茶聚等等五花八門的選項，掌控不好，更讓人疲於應付。擁有無限時間或不願虛擲光陰的人，這倒是個持續學習的機會，能在自己領域中，遊走虛擬世界重闢伸展舞台。

8/13/2020　Zoom 尚未形成風氣之前，已經開始利用網路隔空和友人對飲。發出請帖電函時，每一家友人收到虛擬茶具一組，有單人和雙人兩種組合，通知大家茶聚當日喝什麼茶，比如說：「這回我們準備喝台灣紅玉茶※！」

※台茶 18 號的台灣紅玉茶，由在地野生山茶 與來自緬甸的大葉種紅茶交配成的新品種。曾送給這幾位朋友的「森林紅茶」是此茶另一品牌。香味中據稱有薄荷、柚子 、玫瑰等多元香氣，這是書上說的，每個人聞到的肯定不太一樣。

喝茶三兩好友最佳，獨飲獨酌亦有一番風味。

白瓷茶具
Porcelain Tea Set

這套白瓷茶具兩人對飲恰恰好！

平時喝茶茶具要全數端出，清潔及收拾耗時費力，隔空喝茶只需拿出兩件，見者各有一份。聞香品味既然每人感覺各異，也不必一一試過才知。若嗅感不靈光，就發揮你的想像力，相信你能說出比書中列出還要多的香味。

這也是遠距茶聚的妙處之一！

此番無心之舉倒引出一連串的對話，交織了友人生活中獨特情趣以及各人處理日常的平淡智慧。朋友相遇純屬偶然，交往日久魚雁往來，歡樂和憂煩相互分享加深了情誼，也豐富了彼此的日常。

Chapter 4
我的繪畫心路歷程

千禧年退休以來開始持續作畫。那時經常兩岸三地大洋雙頭跑，素描是較易爲之的一種畫法，但有一紙一筆就能搞定。二十年前手機還不普及也無相機功能，我用的是 Nikon 單眼相機，用膠捲拍成底片再去沖洗，曠日費時不適合我這急性子的人。

旅遊途中看到有趣的景象，抽出袋中一管原子筆，找到一張小紙片就能立刻速寫，回家後再找較像樣的紙張重新繪上。發覺重畫常會失去初畫時的線條靈動感及韻味，從此出遠門會攜上一小本沒打格的筆記本。當時也只知道用原子筆作畫，但經常漏油極不利索。其實素描除了炭筆或鉛筆可以橡皮擦去重來，在那年代應該也用鋼筆作畫吧？英文爲 "Pen and Ink"，是不加修飾的一種畫法。

素描畫了多年，發現光是單色無彩的素描筆，種類之多就繁不勝數。由於一直未正式拜師，只因喜歡就隨性畫下去。一路上試過各種不同的筆，最主要的一種畫筆爲 artist pen，有多種品牌，粗細不一作用亦有別。也試過多種包括塡色畫用的彩色「自來色筆」——自己起的名稱。到美術專賣店去看，總能找到數種不同可用的筆來畫。有時不用鉛筆打稿，用畫筆打上粗略輪廓，直接就可作畫。畫出的若和草稿有出入也無所謂，反正也擦不掉。看過不少速寫都殘留有作畫人的筆路思維，對我這非學院派的畫者反倒是種風格。

畫面上是紐約市街頭常見的熱狗攤販，
上世紀中或更早些時期，
一份冰鎮檸檬水只賣五分錢美金 。
素描（不同尺寸 artist pen)

尋常小日子
疫情下的圖像記憶

HOT DOG VENDER in NEW YORK CITY

在波特蘭機場候機時，見到一個擦鞋匠，
多久沒見過傳統擦鞋攤子？
素描 加淡彩

Shoe Shiner

Grant F. Lin
8/1/2018

舊金山南灣一家鞋店大賣場，
除了各式樣不同尺寸鞋外，還販售許多不同商品。
素描加淡彩

Chapter 5

人物篇

記憶中親友相處幸福美好的日子，千里之外偶遇各種新奇可喜的面孔，藉圖畫刻在腦海中，歷久彌新。

千禧年間訪越柬兩地，印象特別深刻的是柬埔塞的安哥窟。 十二世紀時建立的高棉王國，在此修築了偌大的宮殿廟宇，雖然十七世紀之後王國沒落，整片地區被叢林及荒煙漫草掩閉。如此又過好幾個世紀，王國舊址一旦重見天日，保存完美的建築雕塑工藝及舊日遺物，這荒僻野地的天然博物館，引發了一浪又一浪的遊客群前來瞻仰膜拜。

在這裡接觸到的男女老少都相當樸實誠信，對外來人十分友善，包括販售當地紀念品，手中提著一把類似胡琴樂器的老人家。

尋常小日子　疫情下的圖像記憶

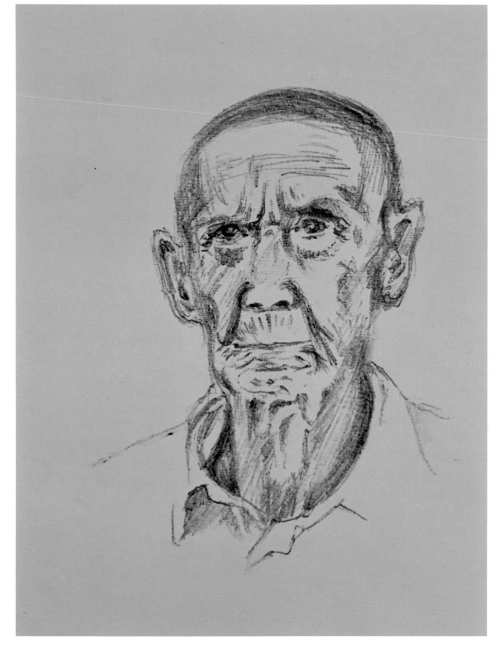

柬埔塞安哥窟遇見滿面滄桑販售紀念品的老者。

「饕客吃越南牛肉粉」
正是吃著自己碗裡，看著人家碗裡。
素描加淡彩

尋常小日子
疫情下的圖像記憶

準書蟲的小外孫，
大伙兒在後院等吃烤肉，
獨他一人在旁享受閱讀之樂……

尋常小日子 疫情下的圖像記憶

朋友轉傳視頻「小時候真好」說的其實是古時候、老日子、舊時風景人物、夢裡的完美世界。

豐子愷之畫，畫出這些舊時風景人物，完成我們夢中心底懷舊想望。此畫以天津泥人張玩偶為本，模擬豐子愷畫風素描上彩。

多年前遊天津，造訪著名的泥人張門市部，購得了「拔蘿蔔」泥人組合一套。
每一個泥娃娃動作神情都塑造得相當傳神，想像中孩童嬉鬧時情景。
此畫今藏於二女兒家中。
水彩

Pulling Turnip

Grace F. Lin
Nov. 7, 2017

「男孩和狗」
男孩和狗相伴同行，在落滿秋葉的鄉郊道上。
水彩

蜿蜒的山道上，
祖孫兩人背負著滿籮筐鮮花，
走上回家的路。
水彩

尋常小日子
疫情下的圖像記憶

Chapter 6
動物篇

郊區野地的原生動物，在疫情最嚴峻的時節，紛紛返回大地自在的
遨遊⋯⋯

「野外來的訪客」

一日清晨，兒子正在廚房煮咖啡，從窗口往外望瞧見一頭比家貓略
大的紅色狐狸。牠立在前門陽台上一動不動，溜轉的雙眼緊盯著廚
房中的兒子。

我隨口說了一句：「這或許和疫情有關，人類都躲進屋裏，現在牠
們可以自由自在遊走外邊空曠的世界。」兒子半開玩笑回應：「就
等著人類全走了，牠們可以重新取回原來的土地。」可不是嗎，地
表上人類尚未出現時，牠們早已居住在這地方。

小溪旁一雙白鷺涉水尋食，
映照出水中倒影成了兩對。
水彩

遷徙中的候鳥，在冰凍的湖面上歇息。
水彩
（攝影圖像來自友人魏綸言Lun-yan Wei）

Grace F. Lin
1/28/2018

63

加州鵪鶉列隊從短籬上方快步而過。
素描加淡彩

尋常小日子 疫情下的圖像記憶

湖水映出樹林倒影，
一對天鵝悠遊自在地遊湖，
享受不受侵擾的寧馨。
水彩
（攝影圖像來自友人魏綸言 Lun-yan Wei）

兩隻鹿在短籬外探頭探腦，
正準備躍進院中吃新鮮嫩葉。
素描加淡彩

Grace T. Lin

11/14/2017

夏日裡一對母子鹿在短籬外的樹蔭下漫步而過。
水彩

尋常小日子 疫情下的圖像記憶

「人類最好的朋友」

退休以來健行於步道或是走在街頭，經常會跟對面走過來遛狗人及狗兒們打招呼，對旁邊牠們的主人反倒沒甚印象。凡遇可愛和善的狗，不免駐足攀談，發現養狗人一般較友善，素不相識的愛狗人士碰了面，能立時交換狗兒們祖宗八代訊息。打早畫筆塗鴉之際，就常拿狗兒入畫。個人部落格中有一則「狗是人類最好的朋友」集入當時所繪狗兒們塑像，貼網上分享友人。

尋常小日子 疫情下的圖像記憶

這是頭小型獵犬，朋友兒子的狗，每逢耶誕即變裝成聖誕老人。
這群年輕人多為藝術家，不僅連日超市購物、做了許多不同口味的
三明治，上面還有手繪愛心圖樣，在寒冬送暖給街頭遊民。
看牠多神氣！
素描加淡彩

"Guess Who's Coming to Dinner?"
看誰來吃飯了？

正襟危坐一頭大狗，
在巴黎一家正式餐廳中等候侍者來點餐。
素描加淡彩
（攝影來自旅居法國的女兒女婿）

Chapter 7
尋常風景

疫情風暴之下人人儘可能足不出戶，但人類不能脫離大自然中的陽光、清風、綠水青山和樹林。地表上形形色色花樹植被，不僅能調節空氣品質和溫度，尚能供應我們需要的食物及日用品，花草美化園林，也帶給人們不少歡樂及感性的啟發。

北國深秋銀杏葉轉黃，
街道旁鋪滿了澄黃葉片，
將周遭天地染成金色世界。
水彩

尋常小日子　疫情下的圖像記憶

「行道樟樹」
台北市中山幹道兩旁一路植滿行道樟樹。
年來返台探母，每每出入搭公車進城，沿途所見一排排姿態各異的樹身，活像無數小精靈舞動的身軀。
素描加淡彩

尋常小日子 疫情下的圖像記憶

「榕樹下」

童年記憶一向朦朧如夢很難描繪出清晰輪廓。金閃閃耀目的陽光，男孩們摘下厚厚帶著臘質的榕樹綠葉，捲成口哨吹。玩睏了就倚著樹幹打盹等細節，依晰搖晃在眼前。鬚根飄飄的老榕樹，濃蔭密佈像個長者，守護著在樹底下追逐玩耍和歇息的孩童。鮮明的影象刻在記憶中，半世紀後的今日依舊能輕易喚出。

「榕樹下」
憶童年往事的歌曲：寫於疫情方興之際的 2020 初春。
返台隔離期間寫這首歌的同時，
也向道上一排排夾道老榕致最溫暖的敬意。
素描加淡彩

日記 ： 12/27/2021

今秋柿子豐收，柿樹種了十多年，近年來每況愈佳，然而去年卻只產四十來粒。今秋收穫的四百多粒富有柿果 Fuyu 確是名副其實的大豐收。後院短籬圍堵不了任何野生動物，柿樹是鳥兒們的最愛，牠們為害不大，收成時節方飛聚前來嚐鮮。松鼠不同，柿子尚青澀就三不五時前來探路，先留齒痕預訂，或給鳥兒警訊。記得看過日本導演小川紳介的一部紀錄片，拍攝到山裡人家的柿園，年年例行每棵樹留上百粒果子給鳥兒吃。我也存著同樣心思，到了年底十二月還有許多掛在枝頭上。葉已落盡只留金黃色的果子點綴枝枒，像煞聖誕樹上的吊飾。

深秋光枝柿樹上綴滿橙紅色柿果，看起來有如聖誕樹上的吊飾，這是鳥兒們的最愛。

大雪紛飛的嚴冬，
結滿紅色果子的枝枒蓋著一層厚厚的白雪。

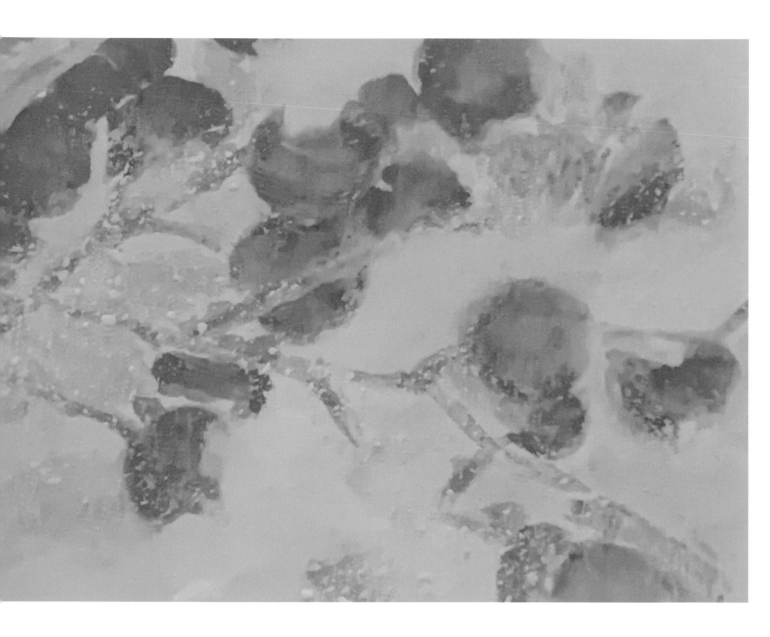

Chapter 8
點滴鄉情台北居

二十年前父親去世之後母親一直獨居台北家中，雖有幫傭照顧起居，但親人子女都遠居國外。母親一向獨立自主，健康情況良好，又不願遷居到國外和兒孫們住在一起。十年前開始出現年老失智徵兆，弟兄姊妹遂每年分批返鄉，陪伺老人家一起生活。美亞候鳥行就此展開序幕，年年帶我飛返生於斯長於斯之地。

2020 年春 ：台灣疫情初起引發的口罩慌，口罩實名制開始實施，每人在限期內各以健保卡購限數口罩。

尋常小日子 疫情下的圖像記憶

一排排藥房門前排隊等候的隊伍，是當時台北風景線之一，等候一
小時方得門而入並不希奇。
鋼筆速寫

閉門居家日久，世界仿佛停頓了。
然而外邊的天地持續運轉，萬物依舊活潑洶湧地發出春的訊息。

台灣苗竹桃一帶五月盛放的油桐花，因疫情反覆無法出門賞落花紛
飛之美景，在家作此圖自娛。

台灣
油桐花

4/18/2

台北早春的清晨，
出外散步沿著小溪步道欣賞兩岸初放櫻花。

尋常小日子
疫情下的圖像記憶

台北市東區一幢老建築中的新咖啡屋，
窗口擺上一排青翠盆景，窗外綠茵鋪地。
老樹環繞，微風吹得枝葉簌簌做響。
一邊啜飲著濃香咖啡，
一邊讓雙眼浸潤在綠色波濤中養息。

Chapter 9

憶母二三事

父母親都有語言天分，台灣光復之後，猜想很快就學會說國語。但書寫不同，要認字，還要多看多讀才能活用另一種語文。我想母親是我們四個孩子先後入學之後和我們一同學習中文。四位姊弟中只有姊姊小時還說過兩句日語，我是光復那年出生的。大學一畢業就來美國，隔著大洋無從見面，也無法常跟家裡打電話，唯有寫信一途。半生來收藏了母親來簡近百之數，每份郵簡都以她秀麗工整的中文，填滿紙面。後來我得知母親同齡親友很少能用中文書寫，更別說寫長長一篇文情並茂的信，相信她花了很多時間才寫完一封信，久久能接到一兩封信就挺開心了！日治時代台灣人除閩南話只能說日語讀寫日文。父母親讀中文較費神，但母親很早就養成每日看報的習慣，一直到她八九十歲視力半盲才停止。今年七月中母親終於揮別了長達九十七年的歲月，安詳平靜地離開人世。2021 年七月姐弟們返台奔喪，隔離時住進北投一家防疫旅館，閒來無事之際隨手畫了張窗外風景。

「窗景」
返台隔離時住在北投一家旅館，
唯一和外界接觸的窗口，能看到近郊的遠山。
速寫

媽讀雜誌

1/29/2003
in Hong Kong

千禧年初居家香港時，父親去世不到一年。
母親自台北來訪，在我們的新界小屋住了兩個禮拜，
這是她在客廳讀雜誌的寫生素描。
原子筆——當時日常用筆

「母女同樂」
母親尚能走動的年代常帶她至社區小公園活動。
彩色馬克筆

「2021 筆記」

近幾年返台探望母親，已不太說話，和子女們甚少互動的母親，從前很喜歡聽音樂。從 YouTube 中找出她常聽的樂曲放給她聽，兩人相對無語並不寂寞。熟悉的樂音匯成一股涓涓細流，悄悄地流淌在兩人之間，比言語更親暱，傳達更多訊息和能量。

小時候看母親吃苦瓜，弟兄姊妹沒人願嚐一口，只覺難以下嚥。母親說：你們沒吃過苦，不知苦盡甘來的味道。而今三度為人母，吃過的苦頭也不少，漸漸愛上苦瓜之味。

然則看飽世事歷經滄桑之餘，老來轉而嗜吃甜食。尤其是甜中帶酸，帶著天然果香的甜食，飯後再嚐幾口，幸福飽足之感不下於滿席珍饈美食。

尋常小日子 疫情下的圖像記憶

說到吃，人人手中都握有一本經。這本唸不完的經，有酸、有甜、有苦、有辣、還有嗆的讓人說不出話的辛香，再就是不可一日無之的鹽，化腐朽爲神奇的鹹味，就像是我們五味雜陳的人生。

「苦瓜」──單色彩筆

Chapter 10

城市風景線《台北影像記憶》

從無目的地的漫遊到有意識的尋訪，這一趟台北居大有收穫：剎那之間大地的絢爛、靈光一閃的天人交流；美學的洗禮、知識的驗證；長年的人生經歷和不同的風景線交錯縱橫，織成一片新的城市版圖。新的圖像比舊日更加鮮麗，但是若或無過去的生命加持，再美也是空洞的。

尋常小日子　疫情下的圖像記憶

台北城南地區的佳年華會，有一尊偶而會動一動的黑色雕像。
一個小男孩站一旁，專注的盯著等待下一個動作出現。
注意到邊上還有人吹氣泡！

「掌櫃花貓」
若干年前買菜路過，貓咪端坐在面街的窗台招徠客人。
店內牆上掛著飲品及價目：單品手沖咖啡130元。
猜想牠有助（手）可以幫客人沖泡飲料。

花貓掌櫃

早春櫻花初綻，粉白嫣紅花朵枝頭上掛著，映著後方庭院深深一院落藍色琉璃瓦。

迪化街是傳統年貨大街，過年時總有大量的人潮購買年貨。

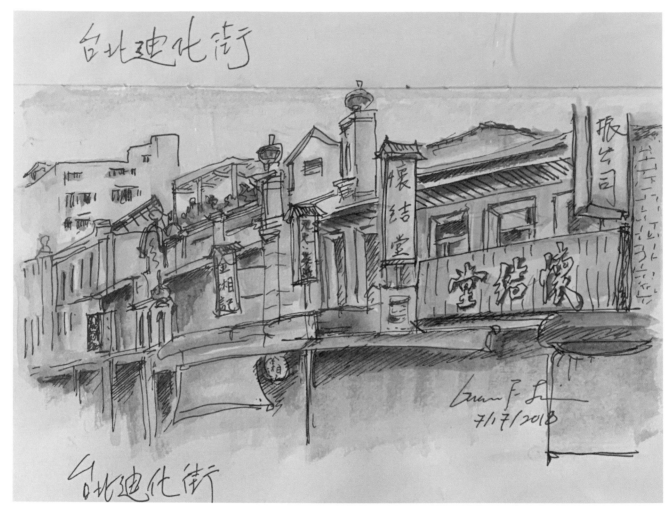

台北市迪化街街景
素描加淡彩

鳳凰木因鮮紅或橙色的花朵配合鮮綠色的羽狀複葉，被譽為世上最色彩鮮艷的樹木之一。由於樹冠橫展而下垂，濃密闊大而招風，在熱帶地區擔任遮蔭樹的角色。——維基百科

市區中大街小巷裡的公寓住宅，大門口往往擺上不少五顏六色盆景，給周遭環境平添幾許生氣。其中纖緻如畫的鳳凰花最能引人駐足觀賞。

台灣鳳凰花

水彩

「春天的台北公園」
蒽籠青翠的濃蔭下，
杜鵑開滿道旁，花枝笑迎行人。
水彩

Chapter 11
大千世界任君遊

「秀才不出門 能知天下事」是一句老話。時至今日藉由不同管道包括電視、報章雜誌或網路訊息，一般老百姓也能頃刻之間變身爲今日之秀才。本秀才雖無考舉資歷，卻也略通三技五藝。疫情之下道阻路不通，改走網路也能看到地球另一端的山川人物、甚至月球中的嫦娥玉兔，讓心靈自由自在的遨翔。手持彩筆揮灑從未曾造訪之地景致，另一管筆可以魔幻寫實風格創造不同於自身的世界。

尋常小日子 疫情下的圖像記憶

「日出蔓草間」
水彩
（原作攝影來自不具名友人）

「血月之夜的月落」

水彩

（來自不具名友人所攝月全蝕結束後的月落，原作攝於加州時間 5/16/2022 5:50 am）

尋常小日子
疫情下的圖像記憶

「一艘航自日出之岸的帆船」
油彩

「台灣蘭嶼拼板舟」※
《花東縱谷遊日誌》部落格
素描加水彩
※拼板舟是蘭嶼原住民的生活工具。船身上的幾何紋樣多塗上取自天
然材料的紅、黑、白三色

Grace F. Lin

「武當紫金城雪夜」
鉛筆素描加彩色鉛筆
（照片來自網路）

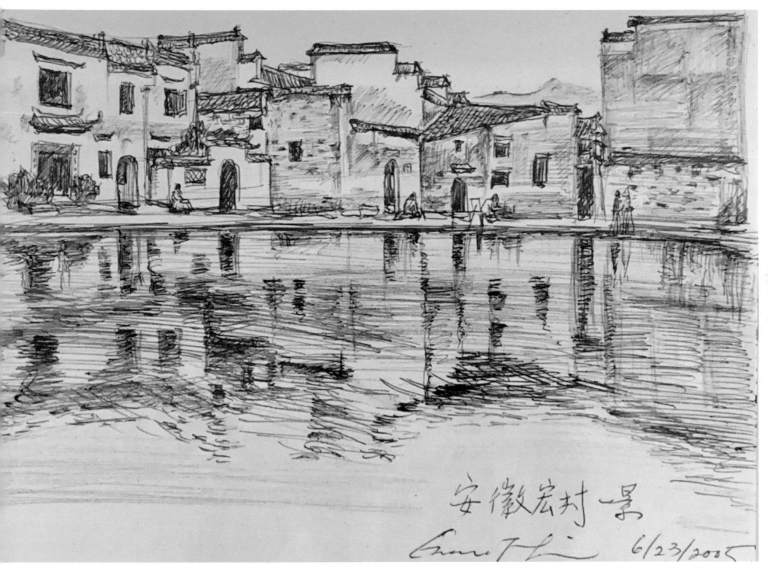

安徽宏村※古村落建築群
原子筆素描
※宏村位於中國安徽省南部黃山腳下大量明清時期歷代建築的古村落
——維基百科

June 9, 2016

「索倫多印象」
靈感來自義大利索倫多木鑲嵌音樂盒。
彩色馬克筆

118

「傳統客家民居」
養着母鷄在中庭成日四處覓食
水彩
（照片攝於千禧年初廣東清遠）

A Sketch on Monterey MAIN Street

AUSTINO'S

sept. 7, 2016

北加蒙特雷 Monterey 城的主要街道，遊人如織。
這是張速寫，用 artist pen 細筆打輪廓，
再以彩色馬克筆簡單塗上兩三色。

On the Road

Grace F. Lin
5/12/2018

「城鄉間的公路」
北加這一帶沿著州級公路駕車穿行而過，窗外電線桿一路向後急馳
而去，和高速公路不同情趣，在此時光似乎倒流。
素描加淡彩

當今寰宇陰雲密佈，世界局勢紛紛攘攘，天災人禍無所不在，著實令世上所有人憂煩。居家美國加州，人人深切的體會：夏日來臨代表的是山火又將開始肆虐。全球暖化效應之下，個人又當如何應對這些難免的天災？

延續近三載的疫疾依舊在旁眈視，隨時準備突破人類的免疫系統及心防。一時之間，一場無情的戰火，又在世界一端燎原而來愈燃愈熾，煙硝入雲的影像日日在電視上播放。受害的無辜百姓和被波及的週邊世界，誰人能不受影響無動於衷呢？

Soda Rock Winery in Blaze

2019年夏北灣山火，燒掉許多民居及建築物，包括有一百五十年歷史
的酒莊 Soda Rock Winery。
大火熊熊之下，當地一個地標就此付之一炬！
水彩

Chapter 12

信札與日記

4/1/2018

「大海這一頭，春景亦可人。破曉時分窗外已響起白頭翁這台灣常見鳴禽的響亮歌喉。趕在上班人潮之前出門，去豆漿店吃早點還得添件薄外套，台北清晨竟然有料峭春寒之意，到了午後，水銀直逼三十度C！

經由你的指點，昨天去了歷史博物館觀覽岩崎知弘日本大師級繪本畫家的特展。又繞道至東區一家小書店，店中有她的繪本書《窗前的小荳荳》上下一套。本來不準備多買書，問道：能不能拆開先看看再說？ 當然可以！尚未翻完上冊已打定主意非買不可，她的水彩繪圖太棒了！唸給學前孩童聽，故事內容亦相宜。精裝兩大冊打包起來也有些份量，才想著行李會不會超重，店長正同一位年輕媽媽建議給孩子看什麼樣的繪本，送給三個外孫正是最好的禮物！」

「當岩崎遇見幾米」※──撕紙畫

※廖福彬（1958年11月15日）筆名幾米，取名來自其英文名Jimmy，是
台灣繪本作家──維基百科

9/21/2018

「年輕時為事業及家庭打拚，生命的旅程當中，又有多少是我們真正想做的？這是你我此輩人的一點意願，以自己最好的一面回饋社會。能做多少就是多少，沒人計分，掌聲是紅利，真正的收穫是工作達成時的喜悅和滿足。

我們替自己打分加油，但不苛求。人生下一段旅程我想盡量做自己喜愛能力所及之事。到這年齡體能走低是正常現象，把目標放低，果樹種低矮的，伸手可及不必攀梯採摘。想吃就及時享用，無需囤藏，這是自己目前能做到的。你的心願崇高，你的能力過人，大概沒什麼事做不到的，這也是我最欽羨你的地方。清晨四點黎明之前時光一向是自己的。屋外無噪音，室內無人語，此刻心頭清寧，心舒體適。或許今天不出門，在家專陪母親說說話，誰知還有多少這樣的時間和機會呢？」

2/10/2019 日記

中夜忽醒，捲起窗紙往外一瞧，好個童話世界映上眼簾。月光灑下一地銀粉，短籬外小徑無人蹤也無獸影。淡青的草坪接著墨綠樹林，連樹林後的遠近高低山頭都層次分明，看得一清二楚。

夜寒霜重不能外出賞今季第一個滿月，正巧收到朋友雲端寄來一輪滿到快溢出手機外的明月，瞇眼之下，我的童話世界裡多了個銀色月亮！

「雪夜寒月」
水彩
（友人所寄攝影源自網路。）

5/11/2020

「個人的力量有限，每人的才能不盡相同，付出能力可及的一部份，鎖定目標各盡其力吧！人是群居動物，親友長期不相往來，還需藉其他方法溝通，彼此打氣互助，回到平日生活的原點。」

11/27/2020

「感性的描述溫馨的回憶，半個多世紀前事依舊記得那麼歷歷分明，真不簡單！

謝謝 KY 提醒回台登機必備事項，CY 和我已得訊息，謝謝大家關心。『生命存在過的曾經』這個過去式在我而言似乎已經和現在式及將來式混而為一。　今日發生諸事，在不可知的未來，又將做何種記憶中的呈現呢？或者在耄耋之齡一切重歸於童騃及混沌？」

1/5/2021 「遠距聊天室」

「園中繁花不常開，心中美景卻長在。不管在地球那一端都無法出門和朋友會面，但願生活常如花般燦開，日子過得繽紛多彩。 聊天室（Filmchat）※ 開放多年，分享藝文資訊及個人生活點滴。盼有更多朋友願意分享生活中讀書或觀影心得、過往軼事及當下情事及趣聞。字數不必多，照片及其他資訊同樣歡迎。只要願意分享，施與受同樣能帶來快樂的心情，當然也絕不勉強！」

※這是自己在2016年結束的電影社，由實體電影欣賞會轉爲雲端的聊天室。由原先談影的焦點，逐漸包括更廣泛的文藝資訊，加上自己這些時來創作的分享。

尋常小日子 疫情下的圖像記憶

8/13/2021 「隔離也有好處？」

隔離是防疫的一個重要手段，用以杜絕傳染鏈的擴散。在這非常時期世界一村的年代，只要疫疾不從地表消失，隔離就成了常態。我們要如何面對它，還能保持生活的正常運作？

十餘日來漸漸習慣這種徐緩的生活步調。平時生活太忙碌，壓力多經常引起腸胃痙攣（IBS syndrome）。現在每日作息固定，許多事急也沒用不如就放下。身旁無喧嘩之音，心情安靜下來，煩惱也少了。每日三餐定時，不貪飲暴食（房中除飲水及飲料包之外沒多餘零嘴）十多日下來，以往擾人的腸胃毛病竟都沒來造訪！

腸胃輕鬆腦子反而清明了。難怪許多宗教有齋戒的儀式，或許也是同樣道理？腦袋清醒確實有助於思索和修行，那麼隔離不就是那個媒介嗎？隱者高僧之輩離群索居多少也有這個用意吧？

9/12/2021

「給朋友寫電郵或上 Zoom 聊天。若找不到可談的人，不妨自己跟自己對話，那也等同寫日記，苦悶和煩惱傾訴給自己聽，把另一個自我當作旁人，旁觀者清或許能替自己找出解決方法。

總之儘可能有固定作息，讓身心一定程度的忙碌，不要想太多。 這並非什麼妙方，就是保持平常心，像平常一樣過日子。」

尋常小日子
疫情下的圖像記憶

後記

朋儕之間可以文會友，也能用圖畫絮家常，利用圖像與人溝通更無模糊地帶。也可只畫不說讓觀者自行與畫對話，各自體會冷暖自知。年來自不同管道和網上平台所獲常識之提昇、心靈的啓迪及各式互動，給平淡的家居生活添增幾筆顏彩，日子過得更有滋味！

我的繪畫基礎建築在素描上，也嘗試通過粉彩油彩作畫，但主要畫水彩，卽便畫水彩，也帶有素描底氣。素材取之於身旁可見事物及尋常風景。觀察週邊人物、動物和形形色色景物，旅途偶遇吉光片羽印象，電視網絡中引人遐想影像都能入畫，並非全是寫生作畫。

畫冊中有些速寫，作品通常只畫一次，感覺上重畫會失去原先的自然靈動。加上生性疏懶閒散，作畫純爲自娛，原先並無展示不成熟作品的意願，寧存不完美筆觸或選擇性留白，隨興而作適時而止。許多作品看來倒似未完成的畫，人生態度取向「小滿勝萬全」，更貼近一般中國老百姓智慧吧？

《尋常小日子——疫情下的圖像記憶》收集這段非常時期所繪作品，涵蓋前後數年間的筆記及圖畫，另添 2020 年初至今寫的一些圖文部落格筆記。其中的分享和幾位友人在疫情中自處之道的回響數則，一併納入此後記：

「Zoom 上高中同學會聚會主題:『疫情給我帶來最大的收穫』，於我而言，兩年疫情肆虐下，體會最深的是人類的渺小，生命的脆弱，以及人類共同體的意義。」- Carolyn

「在圖文裡我們相互理解，疫情中的日常在某一瞬間都變成了美麗的記憶，陪伴我們面對困難時刻。」- Kathleen

「 謝謝 Grace，這漂亮的茶具配上紅玉，當真是下午茶的絕佳選擇。尤其在這個人人要保持距離的時候——有人還記得你，願意跟你分享。」- Phoenix

在此我要向幾位這些年來給我打氣加油的友人，致上最眞誠的謝意。包括舊影社友人，一直到今天仍持續在雲端聊天室給我不少鼓勵。不同群組的友人，尤其是一小群文友這些年來相互之間的雲端信簡往來，給我許多啟發及可資借鏡之處，也供我磨練文筆最佳的機會。

最後要向文友中的葉小妹 Kathleen 說幾句話：不是你的支持和協助，我不會在這年紀還會有勇氣提筆寫書。在工作的餘暇爲我書稿校讀無數次，給我不少修辭及編寫上的建議。謝謝所有網友在四五年間閱讀我每一篇部落格文及圖文篇章，不是你們，這本書不可能有面世的機會。

Grace Liu 林豐蓉
6/25/2022

尋常小日子：疫情下的圖像記憶

作　　者　林豐蓉
校　　對　林豐蓉、葉芳鈴
發 行 人　張輝潭
出版發行　白象文化事業有限公司
　　　　　412台中市大里區科技路1號8樓之2（台中軟體園區）
　　　　　出版專線：（04）2496-5995　　傳眞：（04）2496-9901
　　　　　401台中市東區和平街228巷44號（經銷部）
　　　　　購書專線：（04）2220-8589　　傳眞：（04）2220-8505
專案主編　林榮威
出版編印　林榮威、陳逸儒、黃麗穎、水邊、陳婷婷、李婕
設計創意　張禮南、何佳誼
經紀企劃　張輝潭、徐錦淳、廖書湘
經銷推廣　李莉吟、莊博亞、劉育姍、林政泓
行銷宣傳　黃姿虹、沈若瑜
營運管理　林金郎、曾千熏
印　　刷　基盛印刷工場
初版一刷　2022年12月
定　　價　420元

國家圖書館出版品預行編目資料

尋常小日子：疫情下的圖像記憶／林豐蓉著. --
初版.--臺中市：白象文化事業有限公司，2022.12
　　面；　公分
ISBN 978-626-7189-33-7

863.55　　　　　　　　　　　111015206

白象文化　印書小舖 PressStore　出版・經銷・宣傳・設計
www.ElephantWhite.com.tw　f 自費出版的領導者　購書 白象文化生活館